POETRY

北 岳 诗 库

孔令剑

— 主编 —

红 桦 树

GENG HONGLI
WORKS

耿红丽——————————著

山西出版传媒集团 北岳文艺出版社
BEIYUE LITERATURE & ART PUBLISHING HOUSE

·太原·

图书在版编目（CIP）数据

红桦树 / 耿红丽著．—太原 ：北岳文艺出版社，2018.1
（北岳诗库 / 孔令剑主编）
ISBN 978-7-5378-5566-2

Ⅰ．①红… Ⅱ．①耿… Ⅲ．①诗集－中国－当代
Ⅳ．① I227

中国版本图书馆 CIP 数据核字（2018）第 003517 号

书　　名：红桦树
著　　者：耿红丽
策　　划：续小强
责任编辑：樊敏毓
书籍设计：张永文
印装监制：巩　璠

出版发行：山西出版传媒集团·北岳文艺出版社
地　　址：山西省太原市并州南路 57 号
邮　　编：030012
电　　话：0351-5628696（发行部）
　　　　　0351-5628688（总编室）
传　　真：0351-5628680
网　　址：http://www.bywy.com
E - mail：bywycbs @ 163.com
经 销 商：新华书店
印刷装订：山西万佳印业有限公司

开　　本：890mm×1240mm　　1/32
字　　数：139 千字
印　　张：6.875
版　　次：2018 年 1 月第 1 版
印　　次：2021 年 1 月山西第 2 次印刷
书　　号：ISBN 978-7-5378-5566-2
定　　价：39.00 元

策划人语

"诗歌出版"是北岳文艺出版社的重要传统。前有"黑皮诗丛",后有"天星诗库",皆为中国当代诗歌杰出诗人之重要出发地。更有"外国名诗珍藏",如今依然为广大诗歌爱好者所珍赏。

"北岳诗库"赓续如此光荣传统,其目光聚焦山西诗歌这一繁盛沃土,其旨在于不间断展示山西诗歌创作实绩,更瞩望为山西诗人造一清静小园。

"北岳诗库",是我们探求共建共享出版模式的开端。大风吹宇宙,红日照高山。祈愿"北岳诗库",如恒山一般,巍然耸立。

续小强

2018 年 2 月 2 日

心留千山万壑处，情寄波涛滚滚间

（代序）

◎陈　瑞

灵石青年女诗人耿红丽，从事初中教育工作，是山西晋中市灵石县静升中学的一名教师。二十一岁大学毕业，她即来此地任教，十数年为培育莘莘学子，付出了不少心血。女教师的美丽青春也在这片充满文化底蕴的热土上生根发芽，逐渐结出了人生丰硕之果。不但诗歌作品佳作迭出，她也在此收获了爱情婚姻家庭与子女，生活充满了乐趣，相夫教子，幸福祥和。红丽外表文静，内心却如大海波涛般蕴藏天地风雷。接受了改革开放之后扎实系统的文学艺术基础教育的她，时时向往着人类光辉灿烂的精神殿堂。她热爱诗歌，关注人生，"心留千山万壑处，情寄波涛滚滚间"。数年来，她以其深厚的文学创作功底和满腔沸腾的青春热血，写下了不少优秀的诗歌作品，在报刊上频频发表。其诗歌具有鲜明突出的个性，逐渐引起了诗坛的注意，成为灵石乃至晋中诗坛诗歌创作的骨干人物、优秀青年诗人。

红丽的诗歌有些什么特点，值得我们关注呢？

我认为：第一，她的诗歌体现了一个"真"：真诚，真实，真挚。真诚是就她的写作态度而言的。红丽写诗，是属于认认真真写诗的，她认为"诗歌是诗人心灵的体现"，所以她从自己的内心开始，没有感触不选材，没有情感不动笔。认真思考，认真写作，处处体现出真诚的写作态度，精益求精，一丝不苟。从她对家乡道美河的赞美，在红崖峡谷对自己爱情心灵的审读回视，都可以看出这位年轻女诗人的人生态度、写作态度。对落后，不回避；对邪恶，不退缩；对不足，不粉饰。敢爱敢恨，褒贬得当，绝不讳言。诗人当如此，人生当如此！诗歌不是遮羞布，诗人不是吹鼓手。人生思想的最高境界是"真善美"，"真就要写出世界的真实面目来"，这样才能体现人的善和美。其实，离了"真"，后面的"善、美"就成了无根之木、无源之水了。诗歌是人类精神殿堂的产物，写作离开了这人生境界的首要之处——"真"，就谈不上是诗歌了。从思想境界来说，诗歌应该首先追求真，追求和体现真善美，不然，无论是传统诗还是现代诗，都会失去其原有本质的。传统诗也好，现代诗也好，评价的标准，或者写作的基本出发点，首要的是诗人内心的"真"和写作之时的"真"，以及作品自身体现的"真"。这一点，年轻诗人耿红丽做到了。读她的作品，你能感受到她的诗里体现出来的"内心之真""态度之真""作品之真"，不虚，能读，感人，动情，这是耿红丽诗歌的第一个特点。

第二，她的诗歌眼界开阔，语言出新，技巧独特，这是很不容易的。这些年，耿红丽在诗歌的创作中，自己思考了很多，也学习了很多。她自己说道："有一段时间，一度陷入了生活的忙碌中，期间也陷入了对诗歌的思考中。""近两年，诗情燃烧，如井喷，诗风独特。"这是她对自己的评价，也是对自己写作的精彩总结。我们很感谢她能对自己有如此深刻的认识，知道自己的长处短处、优势劣势，是清醒的女诗人，清醒的七〇后。她的作品中有充满哲理的《红崖谷爱情截句》、大气磅礴的《河流记》、感慨历史的《过韩信岭》、饱含深情的《红桦树》等等。从选材和抒情方式上，好像是传统诗歌写作的方法多一些；但从诗歌的语言上来看，她能够熟练地运用现代诗歌写作的基本技巧"意象"来表达自己的想法和愿望。

> 一排排红色的木头，
> 正迎着太岳山系的风向，扇起火烈鸟样的桦皮。
> 万种安静投下时，红色的落日被它们吐纳、咀嚼，
> 而又意味深长地壮大。　（见《红桦树》）

"红色的木头""火烈鸟样的桦皮""红色的落日被它们吐纳、咀嚼"，都在同一场景下，包含不同内容，充满语言张力，又形象准确，有生动的意象，比单纯的比喻要形象，充满了现代语言的生动活力。这类例子在她诗里到处可见，比比皆是。她的成功之处，可以说是突破了传统诗歌语言使用上的局限，而使自己走入了现代诗歌创作的佳境。这是她与其他作者的不同之处，值得赞扬之处。

第三，她不但在诗歌语言的"字"和"词"的使用上有了明显的突破，更可喜的是她的诗歌整篇篇章有了完整、优美的表达，使她的作品有了非常完美的艺术感染力。以她的《在北方，一匹马从我身边走过》为例，这是一首慷慨激昂

的佳作，她用独到的诗句赋予了对自己更深的思考。

在北方的马和村，
我遇到了一匹油黑的马，
那时它正嗒嗒而来，
步子轻盈，马尾自然而又好看地垂下，
看上去它并未斜视一眼这村庄的微小，
仿佛全世界都是它的草场。

它安静的样子，
击垮了我三十多年的骄傲，
我心中自以为是地檀溪一跃，
随激流而灰飞烟灭。
它用这么巨大的安静，
击碎了我狂妄的英雄主义，
曾以为关羽跨赤兔便是我的沉浮，
多么可悲，我竟不屑于世上的温酒一杯。

路过的一匹马，肋骨里深藏着怎样的一条河流，
你看它仰天长嘶时，不惧险滩的四蹄，
把浪花扬到身后，
是要把整个世界遗忘的壮美！

读者也许并不知道"马和"是什么意思，我告诉大家，
"马和"是个地名，是灵石县的一个乡镇。耿红丽的这首诗，
写出了完全不同的感受，写得波澜壮阔，深厚雄浑。感情色

彩和深层思考都有，显示了诗人的不凡！真可谓是诗坛高手、女中豪杰、巾帼英雄！

路过的一匹马，肋骨里深藏着怎样的一条河流，
你看它仰天长嘶时，不惧险滩的四蹄，
把浪花扬到身后，
是要把整个世界遗忘的壮美！

重复读着这样的句子，重复着诗人的情感，重复着历史的辉煌，重复着英雄的长啸！壮哉！耿红丽！诗歌魅力，俱在于此，夫复何言？

红丽的诗歌，取得了一定成绩。但任重路远，红丽诗集的出版，不是她的写作的结束，而是新的路程的开始。"路漫漫其修远兮，吾将上下而求索"。是以为赠！

2017 年 7 月 17 日

（作者系晋中市文联原副主席，现为晋中市诗歌学会会长）

目 录

在北方，一匹马从我身边走过

在北方的马和村，
我遇到了一匹油黑的马，
那时它正嗒嗒而来，
步子轻盈，马尾自然而又好看地垂下，
看上去它并未斜视一眼这村庄的微小，
仿佛全世界都是它的草场。

它安静的样子，
击垮了我三十多年的骄傲，
我心中自以为是地檀溪一跃，
随激流而灰飞烟灭。
它用这么巨大的安静，
击碎了我狂妄的英雄主义，
曾以为关羽跨赤兔便是我的沉浮，
多么可悲，我竟不屑于世上的温酒一杯。

路过的一匹马，肋骨里深藏着怎样的一条河流，
你看它仰天长嘶时，不惧险滩的四蹄，
把浪花扬到身后，
是要把整个世界遗忘的壮美！

红崖谷爱情截句

一

雾太深，情人谷顺势而下
一群行色匆匆的人各揣心思
导游说过，半小时就可以下山
是啊，爱情能维持多长呢
我们在人间住久了
以为在山下能拨开爱情的迷雾

二

我与众人失散
水声潺潺，耳聪而目不明
你看不清爱情时就闭住眼吧
听听也是不错的
我就听到了一截水流从岩上摔下
像极了爱情疼痛时
撕裂的口子

三

爱情谷的崖畔生满了藤缠树，对面流水不息
多少年前了，孔子在河岸上镇定自若
"逝者如斯乎"

可你有见过比这更悲哀、惶恐、揪心的事呢？
藤树相依，眼睁睁地看着时光流去

四

我喜欢石阶上的落叶
被前夜的雨水打湿
温和而又慈悲
多少有点羽化成蝶的姿态
旷古的滋味
让我心生从爱情谷起飞的念头

五

红崖幽深，我看见
一头鹿在谷中饮水
无呦呦之声
我差点喊出自己的灵异
雾气弥散如海，万物在其间
不过像这头假鹿，雕塑般的爱情

六

听到水穷，让溢美之词与落花流下山去
这爱情谷适合我一个人来
晴天是自己与影子，雨天是自己与倒影
阴天是自己与自己
水流触到石头时，我最先发现
水花刚强，石头怯懦

下一个春天

一个节日到来之前
晨雾、阳光、暮色一并掉进沙漏里
从绵山脚下焚起的是
长着薄翼的烟
还有
疼痛了七十二小时的殇

三面的风
把火焰举过头顶
燃烧的有重耳滚烫的回音
还有鸟雀、蝼蚁、阔叶
涅槃时的欢欣

像灰烬一样色彩的
泥土里
春秋和着大义
把虚妄、谗言、盲从
全部掩盖

当一棵柳树独自站在介子面前时

也许会说说下一个春天
长势正好的庄稼
自由的水流
最好是
不经意间一眼瞧见那
炊烟起处走来的
白了发的娘亲

洗粽叶，想起一块石头

乘着鸟鸣醒来之际，一群粽叶在我手里被洗绿
淙淙的时光，也跟着水流回去

这情景像某年初五
江畔的芦苇覆盖了夏季的第一场雨，连风都带着不屑的颜色

这多像我的生活，常常饱含了怨言，还要继续沉下去

有时候，入这生活之水的动作不够娴熟，水流会从我眼里
　　滚落

硌得心都疼的石头，会出来解围，将自己交给我
它的重量与我的重量之和，足以让我一入生活的水底，失
　　魂落魄

冷泉的冷

一

高祖将目光一凛
匈奴的裘皮
也
冷不过
雀鼠谷北张的嘴

二

坡下的新冷泉
不小心
拽断了手里的线
就把自己的影子挂在了坡上
折腾得一群男女
像
时针与分针张开的脚
拼命追着去找

三

一对父子
抱着

大汉留下的
骨瘦如柴的土墙
仿佛捂着冬天好不了的伤
冷泉关弓着身子
踅摸了一遍又一遍
也
吹吹打打不来
一个
父亲的儿子的新婆姨

时光是这样的

论速度
早晨的第一粒光准比我快
它忽略了好多
我却还停在昨天

就像我扶床起来
打开暖瓶塞
里面却没有一点时间的热气

有时候
一片自然被一声鸟鸣代替
一个夏天被一种颜色左右
我有时候烧一锅开水
试着让水飞起来
然后慢慢降低
如尘埃落入生活

烧烤，这尘世间的哀愁

每一个婴儿的啼哭
呼之欲出的有金色的篱笆、缎质的云彩还有轻盈的小草
这些还不够，总该再有横空出世的喧闹的花朵

生命伊始，骨头里都是惊喜

然而，说实话，从你到你和从我到我
哪一块礁石上不浪击石穿
哪一条鱼眼里不片甲不留

就像，我们这久经朝代的生活
苦不堪言，是头上的白发

说服不了生前身后的功名

烧烤这世界，让天与地有多远滚多远
烧烤这河流，总有一条为贫穷者沸腾，永不停息
月色呢，为黑暗烤出一片和平的光芒

当然，烤出的你我的友情一定真实有效
如春天排山倒海的芳菲

河流记

一

桥眼三只，道美河波光粼粼地抵达这里时
仿佛三个将军披甲而过
高谈阔论着
天下合久必分，像我从故乡剥离时的痛

岸上之草正是我心中的旌旗，摇动着

不欠东风

二

雨是垂直而下的河
九十度时，横着的河水开始喧闹
我不惧那洪荒之势，即便是十岁以前

河床重新复活了
把虚无让出
岸上的小草沿着河流的走向兀自蓬勃
河水高了一截
捧出了赤子之情的核心

我体内流过的血液啊

像故乡的奔腾之水
一波三折

三

我无法说出的
河流用裸露的石头道出了真相
关于世世代代的生息

偶尔，我乘着几只鱼儿溯流而上时
打听打听耿氏的盛或衰

直到有一天，我泊在异乡的月亮下
才发现，其实
河流正在道美村外流泪

四

这条河是汾河的女儿

有阳光时，她耳坠闪闪相碰
骑竹马过河岸
想想两小无猜，浪花就哗哗怒放了

月色驼驼时，她佩了的玉镯叮叮有声
左岸相依，右岸相偎
远方便与暮色举案齐眉了

如河的诗，如诗的我

五

望见河水回环时，我总会从心里哼唱一曲
尽管这些年我讲课的喉咙已嘶哑
在夜里时，我会把家乡的这条河壮大
用眼角的泪花念她的波光
把生活的种种好几次摁进她的暗流
她犟着往前流的样子
有时像我

六

祖先们都留在了一座山上
闲时可以眺望道美河
祖母三周年时，我也居高望了望
靠山吃山，靠水吃水的人，心里是多么安稳呢

七

我多想告诉天天路过道美河的故乡人，庸常是多么壮美
像风里来雨里去的河流
不记尘俗的往前
晴时她平静安然
雨滂沱时，她也有惊涛掠过

生活大抵如这样吧

监　考

我承认我不够苛刻，一直以来
不计较早晨阳光的高低
包括今天，也只是偶尔望望：
六月末四十二株等待收割的庄稼

有些风吹草动，一个孩子正匆忙打开一小片皱折
手法笨拙，如同害怕把诚实公布于天下

在我到达时，他已把纸片和七秒的心跳揉进手心
我伸出手来，他顺势递上

这之间啊
我只是为他可能迷茫的人生锄了把草

在段纯，我触到了血液里的自己

再有一小时，一群孩子将完整交出成绩和自己的七八年级
校门口涌进他们的家长，口音热烈得如这个季节的天气

好在九月份他们还在段纯，也许有些人一生的脚步都在丈
　量这块土地
也许有些人总会走出去，目光只能回望这里

真想告诉他们，口吐的方言和骨头的淳朴有多美
长大后一不小心丢了，就会变得忧心忡忡

而我呢，祖父、祖母不在了的故乡常常令我泪眼婆娑

嗓子里声嘶力竭，却未喊出一字
夕阳仍是下山，道美桥一年比一年沧桑

这尘世间的寂静

草色无色，寂静如尘
遇见一片萤火虫，在夕阳隐退了的江湖间

我只是擦了薄荷味的露水
着了薄荷色的裙子，顺便还带了些薄荷样的心情

虫儿盏灯飞过，用它的神色交换了一下我的神色

静得让人欢喜
这欢喜啊，眼泪都能溢出来

秘而不宣

暮色广袤，世界只"吁"的一声
大片的金黄压境而来
跳跃如马，与我的属相吻合

断然不可小觑，这瞬间的闪烁
就能击溃我匆忙而至的年华

总有一炬，熟谙我扬鬃而过的青春和隐约的余生

就连赋闲多年的骄傲，也沉浮于其间
貌似萤火虫怀揣在身体里的忧伤

我所知道的传承

七月十二日
云朵素洁，落在岭上之上
让我想到了一场清初的大雪
借着村落的九五之势，在夜里把光线打开

赵家的时光如同我上董家岭的步子，逐渐慢下来
灶膛是一个旺族，火苗吞吐着生活，温暖又富足

时间的沙漏是院外风化的严重的门阶石，转瞬百年
随行的朋友用手一指
我便看到
院内搭的一长绳的尿垫
似赵家的族谱
一脉相传

一切在这里归根结底

在六月底，董家岭的窑洞交出了自己
一半以云朵的名义起誓，如今赵家的羊群在天上白得流油
一半以雨水洗面，那年着了天青色烟雨的少东家们从票号
　　蹚进镖局

玉米叶子油绿而又宽以待人
舒张在各种海拔
向我吐露当初整座岭上层层叠叠的富有，还有自己落脚于
　　此的少年情状

那门上的石匾，竭力举着赵家的信仰
看看，松鼠自由地穿梭于田间地垄，在土里穿越时会路过
　　它们的父辈
偶尔会谈起赵家的昔日，也会送去苍老的信息，以敏捷的
　　身手

我只看到些肤浅，听到些传闻
临走还带了几颗花椒
归根结底，将董家岭全部的浓郁
装进了心里

过去不曾过去

天气晴朗，时光坐在夏天之上，我立于山岭之上

我习惯于在高处抬头
一株高过头的葵花秆，正朝着未开放的花期攀爬
视线被不远处打乱，一只松鼠顺着赵家的血脉在屋墙上搬
　动一粒沙石

恍若隔世

扇着老年斑的蝴蝶徐徐落下，像一个姓氏以辈分的顺序沉
　入地里

一群风过，玉米叶子向左作揖，为曾经的主人
用不了几天，它们将会把对这个村庄的热爱，用完整的牙齿
交给董家岭脱落的时光

隐 语

一群蚂蚁在搬动一只麻雀
来来回回，从它们两手之间流出些细碎的时光

这都是让我羡慕的
蚂蚁从卵到卵，麻雀从翅膀到翅膀
多少年了，都不曾离开沙腰

它们累了的时候，总可以仰望这些巨大无比的匾额
譬如：树德、为善甚至醣高

有时候，蚂蚁也会住到院里，凸起一小堆泥土
雨不久将至，对着清代的砖瓦敲敲打打

这多好啊，可我终究错过了几百年
谁又能将隐秘的事情点破呢
或许，我是某年沙腰里的一只蚁后

跨过时光，站在沙腰面前

这个季节，毛桃在矮个子的树上汹涌
以至于我更能理解沙腰的村长和他倾囊而出的热情

三十多岁仿佛忽然而至
我更迷恋于一些低垂的事物
一条沙化严重的门石
一个不再眉清目秀的匾额
一棵已经死去多年的老槐和路边随处可见的它的残枝

我总要顺手摸摸某些墙体
像它的主人当时的情状
就在此刻，沙腰成全了我
这些年的隐忍，该退却的不能退却，该得到的又从泪里流出

使出浑身力气的蓬草
还有落在这半岭上的村子
总是让我浅处的生活
跨过大量卑微的形容词
而不再回头

谁谁谁

一树鸟在这里鸣叫并生根
一群羊在这里兀自吃草
当然还有，张掌柜的子孙抚着斑驳，啜着小酒

每个夜晚，门楣、墙壁、木柱会聚在一起，用月光濯洗自己
顺便谈谈某年大掌柜袍子的成色，利落的步子和膝下的儿女

我靠近它们时，它们捂着嘴缄默，偶尔掉下一小片碎屑

这其中定有暗示

关于宿命，关于它们对主子的忠诚，以及它们的命数

活得比给予它们命的主人还久，肉身易腐
而它们也好不到哪儿去
再久一点，终会给张家的子孙捧上遗嘱

孩子，你好

孩子，看看窗外
待你长发及腰，长成窈窕淑女
就去西藏，去青海
或者更远的地方
打一个草原上最响的呼哨
放牧高原的云朵

孩子，有时候窗外有雨
那些透明的珍珠，如幽深的湖泊
藏下世间柔软的轻波
那滴答之音，犹如木鱼游过

还有栀子花、七里香、木槿花、风信子
它们提着四季之光，次第来过
它们美得有些不像话了
孩子，你无须倾听
你喜欢
就去窗外看看，它们
多么像你未来的生活

父亲的耿，也是我的耿

照镜子时，我的鼻翼高挺
如父亲那扛在脸上的硬
这点我很自信
生活中的诸多事件：挑衅、打击、压力
从未在我这儿蹬鼻子上脸

我姓的是父亲的耿，母亲说父女两个像得不像话
父亲冷静地说这还用说
心里却美得像我美得一样

可我和父亲，倔强地谁也不肯相互夸两句
像一些生活中的事，从来都在心里认定了一样

坐在那风的秋千上

一

叶子在春天动身
一片挨了一片
如我们坐下来时搅着的心事

我看到的绿叶比以前亮
你捋我额前的发时
我便如树上的叶子了
坐在那风的秋千上

二

月如钩
时光横在天上
以前只思念故乡

今天你没来
我看着月亮周边的深蓝
空空如也

三

风在夏夜到达是甜的
我闻到时
你正牵了我的手

我便想用月光的温柔语言
夏花的灿烂语言
一树叶子的语言
对世界呼喊了

四

那时我病得憔悴
蛋羹黄黄
你舀了满满一汤匙
又倒进碗里一半
怕烫住我

你轻轻吹着
仿佛我是你含在嘴里的糖
怕化了

五

你脚步渐近时
我便听见虫儿叫了
露珠映着一个大森林

我们执手去那林间
盖座木房子
你修修你的犁
我织些布匹

炊烟飘荡时
为孩子取名
一个叫诺，诺也玉树临风
一个叫画，画也清扬婉兮

顺势而下的雨

光听听就够了，没有比这更绝色的夏天了
蜀葵花去年还不露声色，如今却红得忘我，它比任何人更
　懂尘世的清凉

起身摆好碗碟，骨瓷自顾自呈现光泽，雨天美好
看看孩子们蜷着小身体，微酣的起伏像窗外的小海

我捧起一把生活的盐巴，仍然是光芒
如顺势而下的雨水
之于天空的可以澄澈
之于地面的可以光明

蝉之诗

单这薄如凉水的翼
就可作为
我与一只蝉
一只高过桐树之蝉
对饮一壶清酒的理由了
以曲水流觞之法
道破短暂的不惑
和它脱壳破红尘的决绝

在夏天写诗，在秋天鸣叫
能理解它的人，自然会破三寸土
掘树根东西南北的汁液
这都是它修行的河流

活着是易事吗？

场 景

九月，一些细枝末节在露水里藏头露尾
凉处更凉，阳光愈灼
闲着的树叶在高处耀眼
有的又纷纷降落，围观低处的生活

在树的对面，图书室养尊处优
与读生活的人无关痛痒
一架钢琴蒙着头，在墙角露出灰头土脸
不如秋天的一只寒蝉

我在角落里和孩子们扫树叶，并告诉他们爱劳动有多美
孩子们欣喜，我却隐忍不发
成人是多么的仁慈，不会提前拆穿秋天的童话

家是盛满温和的月

为了这辽阔夜色中的一轮
我举了这人间的通明往家赶

月辉如积雪洒满了四野
一直伸向院落
桌子上，沾满露水的果子鲜如光阴
各种形状的月饼在今天弥香

在这温润如玉的夜晚
灯火灿然，水龙头的流水丰盈而缓慢
我看那月光正白晃晃地泻下来
房间里走来走去的亲人
如同桂树开出了尘世的清欢

中秋辞

许多年了，我把这清冷的圆满只是看成一种仪式

童年时我想要紧紧抓住母亲温厚的大手，而今我又使劲攥
　　住孩子略微冒汗的小手

孩子仰着头看我，像我小的时候仰头看着母亲

而月亮就在天上，寂静而又遥远

候人兮猗

这是中文系里的最后一声叹息
教授的嘴唇，在十几年前一张一翕
话音掷地，我们已策马向家乡

第一年，候了《诗经》里的伊人
蒹葭已败，只得顺流而下
第二年，候了曹孟德一壶酒
人生也不过几何
接下来呢，纳兰倜傥，仓央多情
他们在线装书里暗自肠断

候了一千多天
候成一生二，二生三
候的是志摩失事，候的是顾城岛上涅槃

兮猗！满目人生！候呀！

与酒无关，且斟光景一樽

我醉了的时候，跟饮酒无关

譬如荒野低于牛羊
风把大漠黄沙吹得潦草
太阳如佛光万丈，整个下午有
飞鸟掠过庭前

让小兽流露出善良，它们身后的湖泊兀自雀跃
我不想说话，自然寂静地也为我们暗奏笙歌
马儿甩尾，打着响鼻
低垂的云朵正从我的头顶阔步

醉人的光景
三三两两各自入樽
不饮也罢

虔诚，不计一株幼小的植物

想做一个猎手
捕获清晨最早的露珠
顺便把它眼里的太阳一并拿下
让宇宙咆哮，大地颤栗

继续走，沿着河床
捕每一条河流上的金光
那闪烁着的欢喜、幽怨和叹息
正赶往诗歌的路上

越过的高山，也目送我远行
像时间从罅隙中流过
我给予一切植物以虔诚
寂静高于天空时
我捕到了万物

那瞬间的芳华，胜过世上最浅的虚无

晨的光，让万物纷纷醒来

夜晚擎着一袭黑色的火把燃烧
月亮如挣脱凡尘的舍利
只把晨的光唤醒
草木枯得寂静，神谕啊
万物即将醒来

唤一种春天，以亿为单位平分灯枯油尽的时间
世上的雷电迟早会醒来
定会声嘶直到力竭
喊出世间的悲喜

我失散多年的室友，会在风雨中找到
数以万计的兄弟姐妹将会重生

我想在牛角鞍旁盖座房子

一

瓦房就行，雨季来时我踩着梯子添三两块瓦片
顺便铺一些茅草，有高山草甸绝有的棕黄
这样我就能坐在 2566.6 米高度

等秋风上山

二

微雨小试锋芒，成群的落叶在积水中与我静坐
房子隐约，我如仙
低回的人间怎能看破
红的叶子鲜艳欲滴，仿佛重生

三

云入山，我入境
你看松针们顶着一颗颗舍利
闪耀其中的是人间的悲喜
我这个在山间住久的人
毕竟洞若观火

四

太阳举着巨大的头颅垂下目光
我的瓦房金光四射
不得不承认，人们所窃窃私语的
我的骄傲、狂妄甚至不可一世

乘着光线
也降临到红崖沟脚下
重新度化

五

虚掩了柴扉，深一脚浅一脚的
踩在柔软的自然腐物上，多么亲切
岩羊、狍子、野兔的足迹在前夜来过
它们与我一起享用天池的水
你一定没有见过我们对望的目光

像多年的邻居

六

月亮起身，我静静地靠在小木门上
门前的柴胡有妙手回春之术
人世间的发烧毕竟太久

来听听红崖的风声、雨声、悲悯声吧

一生二，二生三

不论生死

后会有期

有光线暗淡下来时
一场雨正好抒情
关于龙谷的从前以及现在

阔叶饮着油绿的茗
打在伞上的水珠
折射出前面四散的人群
还有后面的山，此刻正低垂着目光
今秋的雨中，我拽着离人的衣襟，又回回头看山

左右是痛，后会有期

石膏山记

遇见一座山，春风十里之外
天空低垂，云朵盛开
树的名字很温暖，水流自顾自地轻柔

一群经历着生活的人，在山泉中看见了自己的倒影
划去廿年，少年情态玲珑如初
女儿低头间，长篙推波

海拔低过眉心，听听
风鸣过的铃音，摸自己时
左心房欢喜

寂静如你

奈何不得一种欢喜
今晨，我让我走

素衣符合石膏山前的云朵
一片亦足，让四分之三的天空留白
拢了拢袖中干净的信笺
像古人一样，踏马云中雀
转眼水尽山穷

只剩下碧水流过时，写写
这些年，次第着花期的美好
还有，站在你面前时的我的
倾国倾城

我的诗里住着佛

当人群大肆渲染地流动时
我想写写这山寒水瘦，还有
一截从林间跃出的光线，如雏鹿般地轻盈

穿过七朵莲花，庙门洞开
有人额头低过三次，腰身妖娆
成虬曲之树

木鱼敲心时，我拽了拽自己
终究没有进去，这些年来的点化都还没做好
譬如：看到穷困者时，眼神常常忧郁，却无力回天
对亲人之爱没有倾尽，还有一丈之远

南天门

整个上午
我像极了一种鸟，其鸣自詨
三三两两只黑白的长尾鹊，掠过头顶，循山而翔
自是我中有你

隔着扑面而来的雾气，南天门前，又低鸣了声自己的名字
踏过去，洞穿如仙

舍得不在话下
一念之间

平安夜

一

逝者未必如斯
你看，冬天的河流守身如玉
为时间上了把锁
只留下夜里慌乱的鹿与马车

二

土山迟暮，枯草失色
这一路的光景赶着入夜
平，就平分忧愁
安，就安于岁月

三

说是明日有雪，深数尺
路面皲裂，不如把生活看成雪的花
挤进去，溢点泪也无妨
土质软下去时
世上便有了宽容

四

或许垂首
或许蹙眉，宛似明月光
或许与时光同流
或许对镜也贴花黄
或许悔过，或许依旧犯错
或许想起一个人
或许与自己摊牌

或许苹果开始腐烂

五

灯有光，几案便浮光掠影
头发垂进光影里
如一尾黑色的鱼游进今晚

回去的路，往后的途
有一条命名为：皆大欢喜

雾 霾

你遮住了光的芒
多少闪耀的日子已悄然离去
金色的希望
隐在深灰的世界

多少次
我想要向世界呐喊
那无尽的叹息掩于口罩下面
只留一双惊恐的眼睛

那时天蓝得纯粹
可以酿一池湖泊的清新
而今你的身影
握住了我们的命，生疼

南关监考小札

一

六点钟，晨色未出尘。
故乡的影子在前，
出门不宁，
疑有暗影在后。
心不澄静，需南关河洗涤。

二

乘大巴，渡二十人。
一路向南。
观窗外，自在。

三

七时半，南关中学已临河生动。
心狂跳，院墙左侧是姥姥家。
已故！
悲喜还在交加。

四

四菜：萝卜丝，肉炒豆芽，

土豆白净，另一菜想不起。

深啜一口汤，呛喉，

提醒我不可忘了故乡的水土。

五

学生答题。我在思。

面自己的壁。

三十九岁提取中。

三分之一与此地有关。

六

一女孩束马尾。

我看到了自己在桥上雀跃的时光。

我不如她。

她已初一，我十岁就离开。

念了二十九年，不忘！

不好点化。

七

奶奶九十四岁时，

躺在了炕上，魂归故乡。

之前与我们同住灵石。

我站在炕边，

看她干枯的头发，想哭。

老窑里的日历上写明：十四号，

是她四年前到灵石住时翻到的日期。

而她竟然死于四年后的十四号。
草木荣枯，生死定数。
我不哭。

八

故乡河在校外流淌，不管时间的死活。
我的血液畅通，未头痛欲裂。
华佗复活。

九

考试仍在继续，
只如故乡河一羹。
人生中的考验是一地鸡毛。
善哉！

十

一会儿出去，一会儿不出去。
失散了的孩子是我，执念想见。
又怕旧物，怕想起姥姥的柿子，
怕想起奶奶为我纳鞋底的手。

十一

就这么定了，去看一眼河。

北方向北

风从北边来，
袭一尾素色袍，如鱼。
目光一凛间，
古镇自若。

时光在院落的雀替上走马，
由北向北的距离，就在寒冷之间。

冬日临冰而居，多么无畏，
我眼中的灼热也被打动，
人世的隐忍与坚定，
能迎风呐喊：

与光的泪，与泪的光。

草木之心

旷野的草不过是凋零，
冰冻的土山只有一季的荒凉，
这些又有什么要紧的呢？

我看到的那一位农民工，
举着半根沾满石灰的手指，
正躺在担架上撕心。

我把欲言又止压进涌动的河流，
为尘世祈祷吧，
先得有颗草木之心，
再把土地的情怀加身！

时光诗

一

我以为风漫过槐树的年轮时
还能看见炉膛的火苗
正舔舐一锅的汤香
路途的劳顿
顷刻还能化作我滚烫的乡愁

可奶奶已老去
仿佛夕阳落在窗格时
不打量一寸时光

麻雀自顾自啄着春天
我却在四季里寻找奶奶

二

时光可以枯槁
像苍颜，像白发
还有故乡从祖先手里接过的斑驳

小院落寞，把寂静留给午后
你看看奶奶的目光
正衰老地垂下

二十年前，爷爷咽下最后一口气
她才打来电话
俺孩儿们忙，不能让白跑一趟

三

瓦瓣粼粼
我穿过光的弧线摸着院墙
那景况好熟悉
奶奶嫁到耿家七十八年
把日子熬成素朴的人间烟火

院子举着失落的黄昏
一种宿命，一种骨子里的悲喜
我是奶奶的孙女
或者四月里飘香的花

清淡成故乡的味道

在大峡谷想起

在大峡谷，潭水绿成三千美玉，
遂想到，公子生于战国。
蜻蜓用薄翼扇着他们的隐语，
临风而立。
翼便是义，薄过头顶方寸的天空，
在碧潭中濯洗前世。

谷底有风时，
植物生动质朴，昆虫衣袂飘飘，
与它们的祖辈共饮一瓢清澈，
多么静美！

我俯下身来，愿化为谷中一物，
石头有石头的语言，
鸟雀有鸟雀的默不作声。

石头的夜语

暮色盛大，
最早触及黑暗边缘的是河岸左右，
流水仍在欢歌，
我以为的世上的腐朽，只能靠耳朵来揣摩。
月亮在皎洁里发芽，
有时开在石头上，
这挤满河床的时光的修行者啊，
个个剃度已久，
天亮后，仍被叫作河石，
不露真身。

冬日诗

一

雪落到屋檐上时，瓦瓣如僧
白衣向佛
遂想起南天门的庙宇
木鱼静止
风簌簌而戚，不打诳语

山上有，山下无

二

惧怕冰
因为世上不再有河流
时光只在我身上游
偶尔的白头发
偶尔的忘事
偶尔的心有余
还有
怀揣了一个人的江山

冬季的尾巴
是青春最后的叹息

三

不可语，千山鸟已飞绝
寂静便是虚无、纯粹、洁净
一人红装，一人把盏
一人对枯藤

风从北方来，甚是自然
你看
万物舍得

四

一座亭隐约山中
体内有风或雪
或多少的去日苦多
饮尽这世上的雀跃之心
破红尘

我坐进去时
又吞下我以及我的诗歌

五

雪满山时，仿佛尘世被剃度
多干净啊

放下喜、怒、嗔
眼中的万物皆无
隐或藏都是一种度化
都可以放之四海

心门洞开

小年，致岁月一卷帛书

木简太沉，易牵出生活的不堪重负，
我不愿在它上面留取丹心，
那火烤出的痛苦，
需以泪水写下丢掉的光阴。

我喜欢闪光的东西：
比如河流、美目、明月光；
比如石头、心灵、锦缎书。
喜欢自己的三十年在岁月中凌波微步，
像一卷丝帛，轻轻展开了一半，
每一个逝去的清晨在上面织出云霞，
每一个反复的明日在里面兀自开花。

小年又至，我要把发亮的文字写给明日，
让岁月的细纹轻轻漾开，
微小的美好也能波及世上的好人。

这清晨的帛书啊，
是一个女儿在人间的尘世之心！

方 向

总有些事物在呐喊：
夏天鼎沸，蝉儿蜕出向佛之心治愈久咳的人间；
秋天辽阔，寒鸦捧着回归的翅膀眺望接下来的忧愁；
冬天凛冽着一副风的好嗓子，
把衰朽的草木和尘世的悲欢交给大雪，
待以时日，定会化尽六瓣的相生相克。

总有一天，
春天也会掏出流水洗涤自己，
啄破晨晓的一千种方式，由云雀的翅膀打开，
草木一定会绿得朴素，不关心云朵与羊群的高低。

你看到的或看不到的，
时间早已顿悟出一切的归根结底，
过去在来的路上，
执念而已。

虚无，生活从容已久

滚筒洗衣机在自转，
犹如重复着一个星球上的烟火。

洗去旧的生活，甚至旧年月里的关键词。
昨天与今天，在这巨大的泡沫里彷徨、呼救，
我眼睁睁地看那时间的水流飞翔起来，
把对的事物，用清澈豢养一次，
错的就甩干，像救赎自己，让人间从轻发落。

这机器终于静了下来，
我探囊取物，
衣物上面尚存的一些温度，
让我从心里揪出了喊声。

问这众神不语的人间

不得不向众神启齿，
索要大地上的一截水流，
在早晨服下些许，
让去日的苦多，得些良方，
夜晚寂静，正适合月光沉下玉璧，
替屈从的孤独者思念故乡。

那偶尔在石头上开出的水花，
呜呜地读出暂时流落于尘世的祷词，
人类的种种情形：战争、疾苦、失望，
被它一瓣瓣地加以叙事、描写，甚至抒情。

我不得不再次启齿，
而众神不语。

睡前诗

夜的黑，是万物寂静下来的抒情。

草木沉睡已久，在山雨欲来之前起身，将为土地献歌。
河流镇定自若，见了故乡的游子也不形于色，
饱经风霜的胸膛容得下人生的沉重。

等着吧，
梦将在夜里长翼，生活飞得很轻，很轻。

一只麻雀的春天

教室里，一只麻雀攒紧身体冲向春天，
好几次都撞到了玻璃上坚硬的天空。
迷途的亮光从来不返。

年轻的语文老师正在范读陈年爱情：关关雎鸠，在河之洲。
读到"求之不得"时，
她顺便打开窗户，让麻雀顺利脱身。

像是她为疼痛的爱情，找到了一个出口。

迂回，不失为一种美好

前几天预报的大雪终夜未归，六瓣毕竟如莲，
深谙万物迟暮的因果。

去年已去，你眼前的山水由盛而衰，
不久又会重生，植物举着自己的光阴生动，
小兽在流水的春天自由奔跑。

而人类的生长啊，多么地一意孤行，
而立、不惑，还要穷尽一生地向更老之处行走。

不如草木的迂回。

有那么一种英雄式的奔赴

车到山前时有路，
我看见了红崖沟底的乱石，一种悲壮地穿空。
它们在庞大的光阴中落下，非草非木，却更像是生命的劲节，
风来不动，雨去不惊。

我不禁默念这坚如磐石的命运，
无数个大江东去的日子在它们的内部惊涛拍岸，
而我们这些过客，又是循着哪些生物的足迹，
像那些岩羊在这石上攀过的日出日落，
自东向西或自西向东，都是活着的常态。

在山下便好，
把这些石头的巨大先压在心上，
便有一种英雄式的奔赴。

不惑正赶脚而来

一只栗色的虫子在墙边赶脚时，我抬头望日历，流水般的
　　日子尚不到春天
这小小的壮举，让我颤栗
我的第四十个年头
经不起昼夜的推敲

这多脚的虫子，每只脚里藏着退回去的光阴

在故乡升起的鸟鸣中学习诚实，参照落日，不断反省是否
　　丢了丹心

也把吕梁的革命前身加冕到中文系里，
窃以为我是现代汉语里的义士
那就义无反顾吧

育下的孩子，让他们再重走一遍我燃烧过的青与低调的春
黑的雷声与白的月光
都是一位母亲的不惑里的善心

一切只是缓缓而至

我抵触过的东西有很多
譬如熬制的一剂中药里漾出的悲苦的漩涡
一种妒忌，归于无端由头的尘土
最让我惊心的是年龄的拐角之处
三十岁时我沉默了一次
四十岁又陷入了自我救赎的闪电中

不敢再走了，把时光的脚缠成三寸，自己在民国，在清朝
倒回去，正豆蔻，正红妆妩媚
慢到一封信收到时已是一年之后

想到这些时，我安静了许多
不唐突的日子
就像自己耄耋时忆到了四十岁的美好

四十岁，放歌的北方

想去黄土高原上吼一嗓子
壮丽的风，空旷的四野
还有虫蛇的洞，枝杈间的鸟窝
都举着盛大的重逢与我放歌

我这个山西的女人
就是北方的一棵麦子
在黄土地上叩首
太阳为上，子子孙孙汹涌成黄色的河流
无数道闪电滑过我们的奔腾不息
与万千丈雷声分庭抗礼
那根的顽强便是我们对于土地的赤诚

北方的女人，有的是四十岁的荣光

动画片

在巴西，确切地说是在里约。

一个悬着大脑袋的男孩，
肩膀瘦得仿佛在啜泣，
双腿耷拉在富人们的楼檐之上，
这是狂欢节后落寞的一天。

饥饿比他黑色的肚皮薄两寸，
他的目光望向的城市，正挥霍着波澜壮阔的灯火。
摄影师真坏啊，正在把镜头越拉越远，他身后的黝黑而又
　　辽远的天幕，
是投给我和孩子们的巨大的孤独。

儿子说，他后来又看了三遍。
仿佛关于他自己的幸福，又降临了三次。

红桦树

有那么一瞬间，
我差点喊出自己的魂魄。

一排排红色的木头，
正迎着太岳山系的风向，扇起火烈鸟样的桦皮。
万种安静投下时，红色的落日被它们吐纳、咀嚼，
而又意味深长地壮大。

我害怕靠近这群沸腾的、血气方刚的整体，
像人类赤身降临而又啼哭这个世界时，
终究要目睹自己仓促人生的羞愧！

红桦树们皱着各自的皮囊一言不发，
老道而又洞若观火的样子，
让万物都略显慌张，
倾轧和利欲在我们中总会水落石出。

毕竟它们有着衰老的从容。

不久，春天就会移步而来

我以为的春天，
不在东风，借赤壁烧破自己，
不在残冰与时光，冰释前嫌后继续催人老。

我以为的春天，在晨色中静若处子，
它有潘多拉式的湖水，
能映出一只水鸟悠闲的生活，
抖翅、伸颈、偶尔看看天空，
如果有那么一刻的思想，
会想起种族中的一只，正绽放着盛大的貌美。

这个让人心疼的季节，
还能容下一种诗人的情怀，
饱含山水之态的诗句，要斑斓得不像话些，
每一只蚂蚱，跳出它们绝色的韵脚。

一些草长得抒情，仿佛春天路过我的心上，
不轻不重。

在雷家庄

雷家庄的院落，个个举着村庄的一小片蓝色，
有风刮过来时，玉米干枯的叶子才呜咽出某种衰落。

这些景况充当着一个旺族的绳索，
扯住命运的光耀、挣扎与后来的苟延残喘。

仿佛卧龙呼出"年与时驰，悲守穷庐"的《诫子书》。

在这里打动我的，有扇动青云之志的雀替，
独眼的门楣，以及老掉牙的时光。

没有鸟鸣的雷家庄，一样让人振聋发聩。
我甘当一个哑者，恐怕打破活在世上的心口不一。

毕竟这土地上有一个中国的宁静。
大可吐乡音，小可掌生死。

出门看春天

晨醒，未见鸟鸣啄破寸光阴。

一场睡意与醒来的决斗，
尚在虚实之间游离，
暗自忖度。过去与未来。

我得放下念。

看样子，不如介林台阶砌得骇俗，
三阶成佛、成仙、成万物生。
现世珍贵。我顿悟。

春天片刻就到，出门看看天空有未洗濯。

虚妄的生即是灭

隔三岔五会有虚妄等身，
我总是用指针的跑马，把它在夜晚的原上拖垮，
利用呼吸着命的宣纸为它记过。

穷途末路是它的另一个自我，
让它们相生相克，也相依相偎。

它是形容词的苦丁，饮下去的罪身，
消亡而又重生的重度嫌疑。

我不惮于世上的凄清，这要比虚妄淡泊许多。
一切无心，无为便是自在。

谈姓氏

我先问道，谁是静升人？请举手。
有七八只手举起来。

我顿了顿喉咙的紧张，又问到，谁姓王？请举手。
手丢掉过半。

我开始颤栗。问道，谁家是西王后裔？
全班无人举出印有王家大院的手掌。

一阵沉默。仿佛我要攻下的是他们的城池，而不是姓氏。
说什么呢，赵钱孙李何时落进《百家姓》的黄土？

语文课上，一群孩子跟着我走回过去。
逃难流徙的？攻城拔寨者？为官他乡的？

那静升的西王呢？红门堡里的游人更是有口难辩。
讲台上的我，要求这群学生，
下周交出他们高祖名谁，还有自己的姓氏。

假如，还有一些柔软可直达村庄

你想过没有？
凛冽的草原吞下栗色马和蒙古人，向南没有。
忧伤的流水饮尽乌篷船和吴侬软语，向北没有。

你后半生的冬天，有时安放不下一场盛大的雪。

你年少时，石头在装满清水的玻璃瓶里闪光，
同时摁进去的是一条肆无忌惮的河流，
和漫山遍野可发芽的童心。

时间勒不住你奔跑的后半生，
尽管已是意缓言迟，发上生雪。

而年少的欢歌却以三分之二的柔软，润色你年老的怀念。
那个时候无须赶脚，
转眼你便翻山越岭，直达村庄的根部。

二〇一七年春天的雪

我是雪。是空白写在夜晚的纸张。

可以无限壮大荒野的一败涂地，也站在高处，浓缩枝杈的
　　一生。

我小心地怀揣去日的黑暗，也在山川、险滩，甚至白昼中
　　扩张领地。

我在世界上哭，我在阳光下笑。

我施脂粉，让众神匍匐。

我让自己落在舍利的塔尖，我让终南山归于蛮荒，我拥有
　　你们所说的虔。

我是春天悲伤的王。

草木蜷在大地下扎根，我在苍穹里生长。

我们都是有根的命运，人类啊，不可轻睨，天地有宗。

我是雪。我燃烧得安静，那形容枯槁的火苗，也让河流颤抖，

吐出发源地的真相，

穷尽一生的爱恨纵马踏歌。

万物的短暂与寂寥，世间的祸心与忏悔，

必须因了我的火势而断送，熊熊的壮烈。

我能压垮一座山的意志，也能振奋一颗草籽的信心。我挥
　　洒自己，

我扑灭他物，我奔赴远方，我警示近利的熏心。

我是雪。

二〇一七年的一场雪。

春天的雪。

咏叹调

几棵柳树，正裸露着垂危，
它们刚从冬天的刀子里逃生，
闪烁的风在路上，
这常常让它们面面相觑。

发芽、飞絮以及某个夜晚心惊的春雷，
都是些不确定的时光。

它们也捕获过一些大鸟的芳心，
让这些投入者筑巢、撒欢，

增加些活着的生动。

访罗贯中祠堂

祁县不小，河湾村不大，
祠堂的罗氏香火，却有三间房大的三国。
中庭的一棵老树低首，
仿佛元末明初一个叫贯中的人，有滚滚长江的分量。

院左，苔藓正扛着巨大的绿，
院右，绿色举起魏蜀吴的苔藓。

我所看到的老树和苔藓，做了春天最亲近的邻居，
其余事物仿佛早就转头空了。

堂内的牌位迎门而立，
我费了点神，
才在这众多的罗姓人中，找到罗氏贯中，
那时他正端坐席间，惯看秋月春风。

拜谒王维衣冠冢

在昭馀。

活着的梨花，开出冢前的佛语，
空即是诗，诗即是画。

满地的梨树陈列出朴素的虔诚，
我双手拱上。

摩诘有生。

让一个盛大的唐朝临风听蝉，
清泉在石上自在。

人间有多嘈杂，碑上就有多安静。

再拜一下，这隐者正回终南山。

春天，踏歌而来

你必须承认你在公园看到的，
风折回身来，与水有一句没一句的，呼出生命的微澜。
才被蚯蚓翻过的花圃，顶开一个春天的细小。

在这些微不足道的事件里，赶着时光而来的有很多，
譬如：失群的雏燕已长成母亲的形状，
被去年的雨水压垮的小草，
仍旧祈祷一场润如酥的上天之意。
掏出旧日闪电的石头，也纹了春天的真身。

万物即将到齐，你得承认。

吴家岭，遇羊群压境

黄昏逼近。
吴家岭如金人，用油彩掠取造访者芳心。

一群羊撒在地上的欢。
一半是天苍苍的咩声，一半是野茫茫的膻味。

我尖叫，缘于这世上突如其来的宁静。

而这群惊世骇俗的白，顷刻向远移动，如密集的暗号。

又如一场箭在弦上的战事：
白云压城，我的浮躁被摧。
吴家岭披夕阳，如盔甲鳞光。

我回头时，牧人举羊铲起身。
两狗临风，立侍左右。

鱼

像一场葬礼。
一锅险象环生逐渐沸腾。
炉子里的酒精自顾自麻醉。

这是一条等待被烤香的鱼，
一条在辣椒圈、洋葱丁的旋涡中，逆流而上的鱼。

饭桌上，
我们正在谈论着，
关于人类对于自然的种种倒行逆施，
满目凄然。

火锅里的鱼已双目失明，
独自饮尽一个江湖的水深火热。今天它必须重死一次，
在欲望的烈焰中让自己化腐朽，又化神奇。

这神奇让我震惊：
火苗正对了它的胸部，突然的起伏，
仿佛它的心跳，一种已被掏空的心跳。
火势不减，它的身体开始加速一高一低地的浮沉，

仿佛正急切地奔向家族的水域。

我埋下头来，为我目睹的情形。而鱼所在之处，瞬间被几
双筷子夷为平地。

我素食，唯念：
是鱼遁去，
是隐没了这世上的羞愧！

原　谅

你们是人群，像一种重峦叠嶂的排列，
请你们原谅吧，
你们眼睛所看到的，那些孤傲而又严肃的表层，
不是我在每个晴天和雨色里衰竭的初衷，
我心里装着十万个细小的悲天，
十万个无可适从的悯人。
最真实的是我在肉身里隐退自己，
有时候匿得不露声色，像一封没有署名的信。
正文大致如下：
请你们原谅我这严肃的表情。

画外音

画中的事物是可亲的。

有花被风裁进水塘里，它们横斜着彼此，
顾影的低徊，多么接近纯粹。

沿畔的草色，三三两两地鼓腮而歌。
只需一跃，静止的画布便会扑通出心跳。

其余无色。
是长于黑的留白，仿佛一个人隐于大荒的具体，

又是尊于世上的抽象。

早春，寒风小记

昨夜有风。
这寒冷的鸣叫，是早春小小的举动。

我为眼下的事件动容：
譬如：冰层的气度正继续显赫，
沉迷的草色可以重回勇敢。

一切骄傲的事物，又自己拥抱自己，取出胆寒。

有时是我推着风走，
有时是风推我以清醒。

微小的人类正走在今天的路上。

告　示

不到勒马的时候，便不是悬崖。

有些事物让自己在生活里腾空，
像一棵稻草的心，在时光中从不留下解药。

轻与重一向是对好兄弟，撑不住的时候，
或扶摇直上，九千里之外。
或粉身碎骨，掷地有声。

不到悬崖时，仍有妄语呼啸而过。

第 N 种活法

一定要厉兵，
在这个公元的某一线春风里秣马。

扯开料峭，喊回冬天走失的而立之年，
以及镇定自若的存在。

不可止息地走向时间深处，
又拼命跑回故乡的原点，
无可挡，无可依。

活到无我。
当下存于公元的史上。

怕

我惧怕蛇。
惧怕它们三角形的尖锐的头颅，还有弓在杯里的影子。

我甚至惧怕虚与委蛇这个词语，偏偏有人不小心在春天把
　它读成蛇字，
那是隔着时光的缝隙游移过来的音准。

它怂恿世上多余的人为它画上四足，它钻营于草莽之中，
它把石头玩弄于股掌，用尽足够的凉荫，庇护它的卵民。

更多时候，它把毒咒分出一些，让无辜的血液之河泛滥成灾，
它便是时间，争分夺秒的时间，一条生路的时间。

我惧怕它七寸的妖娆，三步之内的神情，
说一不二的野心。

山行偶得

允许我从一座大山深处落笔，
惊心动魄的云此刻从山脚下腾起。
自然有生。

松果不时落下，配合松鼠一日三餐的修行。
素食用久了，风便是梵音。

我深吸一口气，有本真和虚无。

大甘至苦，大苦至甘。

尘俗也寂静三分，看一颗露珠就够了，
被丛草举着的水球，
举着光的芒，
以及人间太久的凡心。

活着，是祖先的善佑

前夜，堂哥发来几张照片。
祖坟里的六品官在碑上用石刻求生，
从乾隆到同治，
右首大夫人，左首小夫人。

地处龙凤山，身居葫芦形地里，
果然多子。

多少年了，周围的拴马柱过去拴马，
现在拴月亮的圆缺。

他是爷爷的爷爷，我与哥哥们的高祖。
居于这片土地上几百年了，
他可以看清整个道美村，
可以看到从他身上延伸下的血脉，
他的孙子们也依次住了进来，
仿佛重新绕膝而欢。

而我们中的耿姓，有的走出村庄，
有的还在村里，

每当清明节时，会聚在一起焚香磕头，
让高祖看到盛大的繁衍，
和他自己骄傲的荣光。

有西北风至小镇

今天的风声，口音来自西北，
仿佛箫的竹身，让人有种旷野的穿空。

静升不过是小镇，
比例尺下浓缩的时光很短，
经不起善良的人们，用世世代代来消磨。

不如借了这无垠的寒意，
在每棵求生的植物里养一颗丹心。

再培育一万种鹤唳的翅膀。

让藏在叶绿体内的镰刀、铁血和孤烟，
依仗风势的雄壮，在东河的土地上衰老，
继而砥砺重生。

下次还来

——游王家大院有感

伫立在你的肩头，
我发现，自己成了《镜花缘》中的铜车马。
触摸着剥落的岁月，侧耳倾听，

绣楼里传来西逃路上的声声叹息。
鹿鹤同春，旭日东升，
雕刻出顶戴与花翎曾经的显达。
社稷版图垂然而落，
印刷着清朝的浩荡与雄浑。
《大清律令》下压着发了霉的黄马褂，
开着一个谄媚与刚直的玩笑。
后花园开尽了牡丹的富贵，
拴马柱上系紧了庄园的命运。

我们相对无言，心领神会。
生怕与黄昏一起，
死在那口苦井里。
脚步感染了朱唇，
道声：
下次还来。

燕子和湖

你的翼掠过我的波心，
涟漪一起，就未曾平息。
我在暗夜里，
把波晕撕得粉碎。
是你的一根落羽，
温情地，
将我的泪滴凌迟。

你猝然飞起，
落下一抹鲜血。
将我染得遍体通红，
你说：
一柄带锈的匕首，
和那可怕的笑声，
要将我们分隔。

我愤怒地冲击着湖岸，
你在拼死挣扎，
突然，
一声枪响，

你坠入了我的怀中。
我们彼此相拥，
微笑着，
尽管你不再飞翔，
我不再荡漾。

念

一

你养了我十年

就放逐了我二十年

十比二十

理性的讲：二十年赢了

但我偏要感性地对异乡呼喊：

我又没有卖到这里

那么：十年就赢了

二

水田并不孤独

父亲用脚步丈量晨昏

豆角藤白白的花瓣

折射出，破了檐的草帽下

父亲黝黑的皮肤

穿着塑料凉鞋沾满泥巴小腿的

十岁羊角辫，是父亲的女儿

将

紫色的喇叭花

紧紧粘在额头

在蚱蜢的王国里钻进钻出

做起了童话中的女王

七星瓢虫

吹响集结号

所有长着翅膀的小虫

收到了女王的密令

即将

发动一场政变

时间定在

午后最后一道光线

全部爬满绿色的叶面

举行

昆虫界声势浩大的

狂欢

三

半夜里，被一阵

噼里啪啦惊醒，伴着

一阵阵的哭声，抬头低头

昏黄灯光下，哥哥姐姐们的屁股上

都留下了母亲的指印

唯独我

一幅地图的描绘者

逍遥在母亲收回的手掌中

于是

半夜磨面回来的疲倦女人
一双母性的眼睛
不再责怨
没看好妹妹的儿女
其实
他们也只是十来岁的孩子
拆褥，洗褥
明天的这群孩子
又能在干净的被褥里
嗅到母亲的温度

疲倦的女人
仍是半夜磨面回来

祈 雨

想念一场雨啦
一场瓢泼大雨
下进冒烟的喉咙里
润泽一首多年前随便哼的歌
倾听，打在宽宽的叶面上的声音周围
蹦跳的青蛙，上演喜欢的神情
不要电闪，不要雷鸣
只要倾泻而下的雨

干涸的小河
可以痛快地哭上一场了
选择汹涌
作为
宣泄龟裂时阵痛的形式

想念这场雨啦
小白裙紧贴女人的线条
要把湿漉漉的心事
从黑亮的长发垂下
还有多年前
哼过的随便的歌

等 候

我恓惶地逃命
为了躲避
那困在藏经阁中的蜘蛛

塞外，大漠风烟正长
幽谷中索性升起
一片狼藉
我抚琴而歌
如庄子目送妻子远行

暮色攒射一只断翅的风筝，落下
一阵焦急的纸雨
牧童挥动长鞭，甩出
一片嘈杂的雷霆

我累了
躺在
小龙女摇曳过的细绳上
等候
一段待续的琴音

住在五月里

更多时候
五月以阳光的油彩
勾勒
雀跃着的羽毛的啁啾

亢奋的羽翼
用目光
游历麦田、河流和草原
听鸢尾花
讲述
有关汗水、粮食
还有成群结队的温度

那么，再远一点
至少要有
飞溅的泡沫
绽放
管她以何种形式
但
最好是

蝴蝶的姿态
可以起一点风的
有颜色的，没有颜色的
长一树的叶子
人群中间的叶子
住在五月里

轮

秋天在农人的手里叙事

穿透云层

枝干只是温习了一圈过去的习惯

还有呼啸而过的清晨，是

一颗露水

映在西北风里的动词

驮着太阳的尘埃向下指着渡口，叶子

行色匆匆，淹没或覆盖了

他们的最后一批背影，像

从不在乎自己结茧的双手

有时候

剥一粒核桃

恰好，就是，时间钻进树皮时

挤出的褶皱

写诗的女人

一

几节

露水打湿的柴火

在　去往

炉膛的路上

浓烟　充当着

倒行逆施的首领

让咳嗽

爆破在饥饿的清晨

农家的屋顶　到处

播放着炊烟的速度

女人　只有

熏花的脸和脸上的泪珠

仿佛

生的不是火

而是

一首蹩脚的诗

二

据说

写诗的女人丑陋

如夏天

干涸的鱼塘

也像　冬天

嵌在冰里的枯枝

当然不会有春风和秋光

只是你　一见我

便说我不会写诗

他　读了我的诗

只淡淡地说了句

这个女人一定很丑

三

今夜

几千公里之外

耀眼的银项圈　套在

青牛的颈上

还有

更多赤膊的人

跳着

某种象形的符号

向左的女人　手脚并用

临摹着

月光洒到地上的图腾

秋　影

山的背面
云缩成了一团
像极了
某年的秋天
额娘那缝剩的线蛋蛋

深院里的
秋雨刚一点地
飞檐也把脖子探一探
替沙场上额娘的儿
撕回一角角地图

战马嘶叫
离秋不远处
额娘的影子在秋光里
有时远些
有时近些

秋 风

秋风逢了苍黄
阵阵倾诉着奔走的寂寥
比远更远的路上
明晃晃地
映着大雁的姿势

秋风又长大了
有时候
把翅膀伸得更长
触着的
可能是
不久前来过的地方

季节穿着加深了的颜色
还渲染了几句
呼啸

秋 雨

北方的寒气
长吁短叹地和着秋雨的声部
悠远的总是些梦，眸子里
有东归的英雄
驾了扬鬃的黑马，还可以
饮着半只兽骨的烈酒

平川升起，雨
好像自由如昨天
且让我匍匐，把
嵌在泥土里的血的忠诚
装进辽远的歌喉里

秋落在雨的背上，几千年
从梦里，走出的
披了拖地斗篷的队伍
跳跃在我的胸腔，是一炬
灼烧的合唱

路过宋朝

轼和辙

有时候，不是战车的器官

让人迎风流泪的

或许，只是宋朝那

一阕打碎的青花瓷

抑或，一首日渐消瘦的

白月光

窖藏的好酒，只需一樽

就醉了婉约的河山，还有

一剪流年的宫阙

翩翩舞剑的儿郎，只是

动了一下喉结

豪放的便不止是

一卷，让胃

轻轻疼了一下的

词牌名

慢时光

人群来来回回地走着
简直是些，令人眼花缭乱的
方向
不像过去，晨雾里只是去看看
长势正好的庄稼，还有
黄牛潦草的脚印和探身就能喝到的山泉
不像过去，晌午只是把柴火塞进炉膛
还有大片的炊烟，在乡邻的屋顶上
嘘寒问暖
人群来来往往的穿梭
有时候，竟不如满身泥巴
蹲在地上的孩子，用
一小撮黄昏的时光，看
成群的蚂蚁搬家，更生动

端午屈子行

一卷《离骚》
就将我放逐到汨罗江畔
我披发行吟
看满天的乌云
映在江里的模样

楚地的农家
将一锅的粽香
煮成了
屋顶上沸腾的炊烟

饥肠辘辘的金枪鱼
用轮回的目光召唤我
群发了
今天宴席上的
特色菜

我得葬在这里了
任才华在浪里翻涌
这里

不再有
卑微的叙事和荒诞的传说

我只要一个节日
浓香的江米
浅绿的艾叶
还有缠绕的五色线
给群臣
发一个没心没肺的邀请函
看我怎样用鳃呼吸

我将游弋
纵横在醒着的江里
穿越
几句浪漫的诗行
礼葬
一段端午的时光

仰 望

一

流亡的路上
太多的是风餐露宿
你披着的斗篷
在风中萧萧
饮尽一夜的星辉
凄凉的还有羸弱的小驹
望一眼重耳
这晋国的霸星
你咬咬牙关
伴着匕首割股的声音
且把这淋漓的血肉煮上
晋国的苍穹
定将闪亮了春秋

二

你满喉的执着
在这春天里燃烧
奉君不求赏

大义有时更比性命攸关

无禄！无路？

且让这火焰继续喷薄

胸腔里跳跃着更热烈的心脏

听听都让人血脉贲张

你这晋国的子民

在后来人群的路上

还在继续

烛照着光芒

三

一个节日

只为想想你

绝不使用一枚火种

为的是

把伤怀逐渐冷却

平静的如你注视娘亲的目光

你有你的铁骨和道义

让世上无羁的追逐慢下来

把晋国写进春秋时

你也就走进了史册

仰望你的

不止是寒食的形式

更多的是血液里的阳刚

过北门

仁义古镇打开北门的闩
秦晋拥兵拥马而来

洞穿一词恰如其分
或南来，或北往
青石路提了光携了影
有渔有樵有耕读

时间也可以露骨
两肋的深痕比夸张还夸张
嵌进去的时光
古今都不做从轻处理

倘若经过时
跟自己说说话
话音落在清明元宋之前
掷地有声

与周槐并立如初

选择在周初时候
土质可以绵软，春光可以明媚
瘦弱的树干幻想参天
一圈，十圈，成百上千圈
有口气就能跑

年轮结束
在两千八百多圈之际
月光倾城
树皮上皆出新绿
换一种形式风雨传承

刀光剑影，攻城拔寨
甚至功名尘埃
缄默是扎根的终极原因

且听听衷言
你的我的一切万物的
往上是祖宗，往下是子孙

近在文昌阁

最先雀起的六角
翼腾起的方向
或状元或榜眼或探花

阁顶直指了文曲星
闪烁如火
从这头弥向祖坟的青烟
叩谢过天地
再端一樽清酒
某年某月　列祖列宗

离去时
檐上的狗尾巴草
从风里吐出一些象牙
如我多年的矫情、虚妄、空无
拔一下就疼

除了我，还有青春

风翻动层层梯田
是我写给青春的绿色的信笺
点山、点石的笔墨
静默一刻
垂钓露珠满怀的晨光

许三月一袭烟雨
瘦了的牧笛
从素言里袅袅荡开
亲启吧
打量一下
我以及我的抒情

其余的诸如花开、鹊飞、月落
我可以抬了欣喜的眼睑
敬等
淡青或湖蓝或月白的
青春的光影
纷至沓来

桃柳坡

夜里
月光正在打开一片白
次第着花期的有
桃柳坡之远以及诗之柔软

村东与村西
借着燃烧的光线
交谈的是纬度、岁月与爱恋
时间
仅跨了一个白驹过隙的词语

正离去的人
把抒情、描写、叙事
写给自己时
泪水早已不成文地
淌在消瘦的田垄之下

倘若挑一种修辞
我选择反复

那年
坡上的柳树正年轻
正年轻正年轻

梦在河堤对岸

夜扎进一种哗哗的拟声词里
它本身就静了好多
水流押着自己的韵
把黪黑收进行囊

孩子们
想象一下明天的清晨吧
河堤的对岸
金盏菊、风信子、鸢尾花
次第张开五个或许是六个瓣
安详而且专注地
看万道的金色垂了下来

梦枕着比夜更幽邃的
天空
再朝对岸划划小船
会看到
有温暖浮过

疼痛的念

小时候我回道美时
一扇窗子常常举起太阳
炕上的温度烫人
一碟咸菜二两花生
还有一盘结实的馒头
规规矩矩地置于小方桌上
我望望窗外

爷爷正打了一捆柴回来
叫着：俺孙女亲
像汤锅里腾着的热气
多年后
液化成的泪滴

那年冬天
爷爷像是沥干水分的叶子
咳嗽得只剩下脉络
我哽咽着看他时，他还叨叨着：俺孙女亲

就在昨天

两炷香在阳光下扇着薄翼
我隔着烟
又看了看爷爷
爷爷再也不痛苦地咳嗽了
可也不再念一句：
俺孙女亲

怀 想

童年的院子
与故乡一起数着日落
兄妹像春天的鸟儿雀跃

抽了丝的豆角
能贵一分卖给食堂
娘和孩子们一起抽完两麻袋
大哥和姐扛一袋，二哥和娘扛一袋
我在后面追着他们的影子跑

有兄妹的院子
就有温度
那阵子的时光很慢
慢得占据了走出故乡后的
一半

于无涯处奔跑

原野的风
于绿色的火焰之下流动
在小草葳蕤的奔涌里
风也低了一截

除了让露珠吞下东方的火球
还可以
成群结队地放牧整个草原
头羊把咩声引上云端

小草在这季舒展
且蓬勃成又一片海
暮色钻进枝叶时
倔强还在长

子 夜

一批黑色的词语
譬如
贫穷、饥饿、荒凉、言不由衷
枕着二两头痛
吞没悠长而短暂的
某些人
春天的陶醉

月无色
黯淡比战争、掠夺还惨白
夜的体温尚存
凉风也呼之欲出
包括
一朵掩映于浮生里的云
比黑更黑

粮食低过世界
生死之间

今夜有雨

告诉我
今夜的雨有多淋漓
是不是如我闪光的诗句
胸腔里的水位
以及滂沱的心跳

瓷器跃着光
滑过青石路对面
孤傲又或许暗藏波澜不惊
眉心紧锁
正中你的命脉

闪电与雨之间
修辞也壮大了声势
轻拍你的背
嗨，多冷

越过村庄，摸摸你的温度

月光可以冷却，也可以温暖
就像鸟窝开在一个孩子的头上

村口的那条河，送走了不少生活
冰层在春天皲裂，留守下来的手，裂口逐年增加

常常在梦里嘶喊一到两种称呼，枕头湿过这三年的露水
咳嗽的奶奶是不是妈妈，这个哲学命题常常让这个孩子伤神

旷野比旷野更高，时光甩着尾巴穿梭
城里的建筑工地是否也度日如年，关心一下孩子能不能高
　　过今夏的麦秸

云朵高悬，路过的风带着躲在角落里孩子的啜泣
这对年轻的夫妇在的城市下雨了，今年的第几场了呢？

阳光，是蒲公英奔走的形式

很久以前
我便喜欢望着太阳
就像它打开天空
与我惺惺相惜

温度轻而易举跃过青出于蓝的草场时
马蹄便借着光线嗒嗒作响
万物也不忍扬起鞭子

红色的、黑色的、黄色的土壤争相开放
夹杂着
各种各样的生活
在风中寒暄

阳光慢下来时
我常常垂了头发坐下来
像一盏蒲公英举着自己的日子

洞房，归于一粒盐巴

打个比方，你饮酒归来，微醺
这样最好，如案几上一支红烛望着另一支红烛
跃跃欲试

于北方而来的风，健硕骁勇
挑起盖头
两朵红云正浮起，高过花烛
穿过厅堂以及我爱恋你打马归来的春天

穿越了九百九十个关口、责难与流言
我的目光仍然注满你一泻汪洋的秋水
亲爱的，我们千辛万苦在这里了，便不惧生活的一粒盐巴

你触着我的秀发，如枝叶相拥在云里，郑重写下：结发一生
快看，快看，窗外的雪花
我们的孩子就在今晚六角形的梦里

五月的情诗

——献于杨绛钱钟书

就在五月二十五日

露珠从从容容，擎着万朵花的芳香

据说每一枝娇艳上面都住着一个谦和的灵魂

以诗的名义绽放，温暖的还有火光，季康燃烧了一个世纪

选择五月，多么浪漫的季节

越过河流、草地、山巅甚至于生活的围城去看他

再也不用轻轻地呢喃默存，在无数个他走后的春寒料峭

绿草仍会泛青，小河依旧在唱歌，你抬头时，他正俯下身来

粉彩花卉三喜葵口盘

于浮云之上，面若桃花
火焰腾驾举着爱与被爱的目光
看清王朝整冠、着袍，盛步而来
是泉涌。是溪泠。是山野鸣着的风，玉带缠绕翻涌的眉梢

或久旱，或他乡，或张榜
甘霖饮樽酒，故知泪千行
题名中探花，却怎一个堪比
洞房挑帘望秋波

一叩喜
二斟足意
三生之事，踏千年之尘仍在原地

青花缠枝纹盘

旧的云从巷口穿过
可以有微雨
烟色苍苍，月光白过腰间佩环
瓷如骨骼
一眼便是千年

推舟湖心，粼粼水花点上眉梢
映了青色的釉
沉浮煮光阴，他年如今

五只并立
清王朝那时有谁？

忘却不却

——悼陈忠实

西京有白昼

定格

七时四十分

白床单、白被子、白枕头

纷纷扬扬

像白鹿原的雪

穿行于几本书里

反观你时

行距是固定值

到老白杨树后面去

四妹子的初夏

仅差几天

我们追念于某种记忆时

离去的人

似乎又加深了一次

对土地的忠实

在左在右

写月光太软。
易牵出流浪者的孤独，失明人的忧伤，
以及走不回的方言。

写阳光太硬。
你看那失水过多的河石，裸露的盐碱地，
以及皮包骨头的非洲孩子。

我有着无人知的皎白和柔弱，
炽热与多愁。

有时候，我也左右一下自己。

比如：月光下的村庄正返回宁静，
太阳下的万物反刍着骄傲的金光，
朝圣着它们自己。

今天的气温，在 12 度

阳光是个实在人，尤其在今天。

让我和地上的一群麻雀，
瞬间有了干净透彻的亲近。

停留在 12 度时，仿佛蜂拥而至的温暖碎屑。

看起来，是我在啄着稍纵即逝的时光，

而麻雀们在谈论着尺短寸长。

细碎，是你的日常

从森林的一条幽径里来，
穿着马丁靴的你，
踩着昨夜雨水洗过的落叶，
声音细碎，
这是一个伐木工多年的日常。

你偶尔能看到，一只松鼠追着它的兄弟嬉闹，
老松树皮也在爪下细碎地响。

傍晚，
太阳垂下巨大的酒窝，
你正从溪水里捞起年轻的鱼，
这些小东西，
尾巴还跃着波光粼粼的色彩，
细碎地响。

你哼着小曲儿，从林中走出来时，
月亮正在身后发出自然的白，
细碎而又美好。

与己书

就在刚才的节目里，
一个最佳辩手慷慨陈词，关于女人的话题。

对自己，我突然起了一点小小的热爱。

这些年来从没有好好看看自己。

比如：刚出浴的皮肤，
只顾了顺应外物的眼睛，
还有走了好多弯路的修长的腿。

今天，不再想去讲生活的大道理。
与自己少女的心，相顾不多言。

抵达重生，有一个春天的距离

抵达春天太难，我深爱的家乡迟迟不肯豆蔻，
故土里想要活下来的虫子也裹足不前。

重生是个动词，需要二十四个节气的推杯换盏，
我偶尔念及一下各个省份的手足之情，
有了冷暖的忧心。

小小的北方，尚需一点金蝉脱壳的技巧，
把冬天的冷却，嚼成草木的碎末。

我们啊，这微小的人类，
只希望中国的疆土里反刍出一个不惑的春天。

在桥头

我已走到了故乡的桥头。

那木质的叠声词，适才在脚下还散发着栗色的香。

眼前的河水点头，以微澜之羞。
像我小时候，偶尔遇上陌生人。

这碧绿的流逝，多接近今年春天的柔和。
而我和远山直立，像一双倔强的兄妹。

一条河流忠于一截时光

与干旱雨涝无关，一条河流或高或低，皆是截取着自己的
　　时光

时而透明，仿佛与云影推杯换盏，义结金兰
时而泥沙俱下，把段纯人的悲苦、隐忍和哀愁双岸合十，
　　梵音如洪

我目光掠过的，水鸟也会掠过
我仰天长啸的，风也扇着翼向河流致敬

流域之内，谨遵厚土在上
这蓬勃的岸上之草啊，走过蝼蚁，走过虎狼，走过河西的
　　汉子

汹涌成全了健硕的故乡
浅湾只不过是讲了段陈年往事
忠于自己的，才是河流最恰当的时光

致段纯河

不知用哪个形容词可以抵达我对段纯河的热爱，我终归不
  是一个段纯人
但我目睹了它汇入带着时光奔走的汾河
那是它毕生的方向，这中间驮着一村人的信仰

我爱这世上的每一条河流，有时都会哽咽，如它们向我致
  意的回声
我相信段纯河是敦厚的，不曾辜负这条脉上的任何一个乡人

那么，请让我这个卑微的人为它祈祷
不要再剥蚀它的衰老之躯
把健康还回，把自由还回
把祖宗用勤劳走下的脚印还回

段纯河，噙着波光粼粼的泪花

其实段纯河是孤独的，这景况在三五个游子走近时更加浓烈

只有在雨季，这条古老的河流才会找回自己
水势不减，对村庄的热情便不减
像背井离乡的人独自饮下烈酒后的翻江倒海

雨势退去，阳光揭开经年的疤痕
河水噙着波光粼粼的泪花
基于衣衫褴褛的河岸
基于不离不弃的泥沙
基于念了一辈子故乡的可怜人

偶尔触到些突起的河石，旧疾重蹈
会勾起搁浅的叹息
祖先们见过的洪荒，该有多好

雨

光听听就够了，没有比这更绝色的夏天了
蜀葵花去年还不露声色，如今却红得忘我，它比任何人更
　懂尘世的清凉

起身摆好碗碟，骨瓷自顾自呈现光泽，雨天美好
看看孩子们蜷着小身体，微酣的起伏像窗外的小海

我捧起一把生活的盐巴，仍然是光芒
如顺势而下的雨水
之于天空的可以澄澈
之于地面的可以光明

姑 姑

一

二十世纪六十年代的晋中纺校说散就散了。
爷爷用不识字的经验，
烧了姑姑束之高阁的证件，和等待飞翔的心。

有消息传来，可拿上证件返校，
姑姑哭了一生。

二

姑姑在命里打结，仿佛一种结绳记事。

她隐忍地吞下生活的重量，
却在无数个清苦的日子里写下高贵。

你看，
世上的尽头近乎奢侈，
容不下姑姑一个人的虔诚和初心。

三

山有万仞，姑姑用句号的形式高居于此。

崎岖的词性，从路中间被和盘托出，
这多像姑姑的一生：
中年丧夫，老年丧子，
而在三年前又丧失了自己。

我常常见她活着时，用左手扯着右手，

仿佛十指在疼。

四

到西许，我走了很远的路。

有荆棘，有滑草，有呼之欲出的侄女心。

借风声，我故作喑哑。
借鸟鸣，我藏紧心里的忧伤。
借阳光，我与哥哥们谈谈满山春色。

见到姑姑的墓碑时，
我借飞起的烟尘，躲开表哥们的目光，
称自己被火熏湿了眼睛。

五

烟火浓烈，我们投进去的吃穿用度，
可以弥盖姑姑一生的穷苦。

空有了地主成分的其表，
批斗的屈辱比今天的火势还浓。

一个知识分子，在世上信了命运，
把倔强的自己缩到墙角，
缩到悲伤，
姑姑习惯了口口声声承认自己的胆小。

六

金兰的名字留了下来，
姑姑却在世上消失。

义结金兰，这词让我多么伤心，
深埋在土里的去日，
又哪能轻易与她的名字义结？

生命停下时，姑姑成全了自己，
让风雨在泥土上煮酒，
慨叹三生的痛或苦。

发落自己，或轻或重

我遣词，像习惯放逐自己。
我造句，不过轻或重地一笔带过。

我搬弄这些纸上谈兵的悲观，
像发落一个个苦寒的自己。

最远时，是到达一个落日正圆的黄河边，
那时宋家寨中学正枕着自己的荒凉。
我用尽四个月的青春去育人，
也顺带提炼出了一张吹尽黄沙的脸。

可是，潮水托起的夜晚，
浪声响一次，我就思念母亲一次。

路 遇

两个村里女人聊起远方，
她们原本焕光的眼神瞬间直指地下。
远方并不具备人们歌颂的美，
需要盘缠，孤注一掷的勇气和舍得的决心。

在乡村的小路上，她们像是两个大哲学家，
把生活评价得体无完肤。

她们约等于低到尘埃的众生之二。

谈论在几分钟后戛然而止。

一个要给被拖欠了半年工资的男人做点新鲜的小菜，
一个正去打工，帮孩子们讨回点生活。

沿着河流走

一

这个春天，

我将沿着一条河流走，

看那些河石举着被洗白的前半生，

比时间还硬。

二

水流有匀速的性子，

如同我的生活：不必有突然的喜和忽然的悲。

忠于我的降生，也诚于我的死亡。

三

水定然清澈，再适当开几朵碧色的花。

映下的红日，以及我的样子，

有着人间鲜有的动人。

四

草木不可太单一，要绿得像模像样。
有风时，就昂起吹又生的骄傲。
适当穿插些长着头颅的虫鸣，

我也掏出全部的歌唱。

五

就这样走，有低头的沉默，
有像河流一样不回头的决绝。
春天在岸上暖出它的新芽、鸟鸣，

还有一个我自己。

我

像雪一样，干净到彻底，
无须问来踪。

用眼睛说话，说出天空不可思议的蓝。
用耳朵来预见，可是井水不像你们所说的那么莫测。

你看，云朵简单，布谷鸟飞得纯粹。
万物盛开时，
我靠在世上的一隅，正轻轻读出"我"这个代词。

至 今

一

九个月，在炕上爬，
有江湖人进门讨水喝，
说此女他年定会走南闯北。

至今无应验。

二

三岁，形体亲和，有肉感。
邻里都说颜色好，
四十年如一日。

至今滑而不腻。

三

一年级，被选为朗诵者上台竞技。
牛老师循循善诱的所谓"诵"，
我却用背课文的速度临场发挥了一下。

至今觉得欠她一个小学生的态度。

四

八岁画画，提前预设好的一头猪被画笔减了肥，
小到刚能被肉眼看到。

至今秉承胆小遗风。

五

十岁，别故乡，少小离家却无鬓毛衰。
家具在卡车箱，我在卡车里。

至今怀揣一条道美河。

六

初二下学时，几何老师顶秃头至门口，
巡视一圈。
叫到诚实者一枚，是红丽。
让去买榨菜。
我说不会骑车，只得另择一学生。

至今在想，跑上也可以做到。

七

大学时，遇初中男同学。
那呆子惊叹：女大十八变。

仍我行我素，不打点自己的青春，
从不对镜，从不贴花黄。

至今感慨匆匆那年。

低处的事物，更接近我

在太岳山系的一片小山坡上，各种草木争相闪耀。

它们中的大多数举着高高在上的绿，
这些健硕的脉络，或细碎的针形，
在春天简单地周而复始。

万物耀眼，我们习惯了仰视人世间的喧嚣。

我在人群中间低下头来，
是被眼下的落叶打动。

它们排山倒海地在树下堆积，这是四月的一天。

它们也曾是枝头的王者，显赫一时。
此刻却怀揣某种化春泥的决心，
和腐烂自己的悲壮。

黄昏向死，我下山。
低处的事物，更接近我。

继续扪心

有细雨落檐，一切不须归。

可以借斜风，翻出些炉火纯青的陈芝麻，
那些小事或许在这样的春天更可爱。

可以滋长一些耐心，没有人比你更愿意对自己掏出自己。

可以对酒，裁一些生活的支离和破碎，
就像这场雨般，捧出的从高到低的态度。

雨势过旺，我会在这个季节继续走过。
仿佛落在地下的雨的回声。

继续扪心。
继续自问。

老院有檐

要老就老成一个朝代。

像我今天在窗外看到的屋檐，
那在时光中沉默的瓣瓣瓦鳞，始于清代。
它们更像王家大院的子孙，举着一个个顶戴花翎的春天，

"沐甚雨，栉疾风"。
延续一些功功德德的事件。

直至我们也被后人称作半新不旧的人。

回乡书

绝不是潦草的所见

你知道，河滩枯败，终日以石头洗面
田地悲凉，种瓜得豆的生气已丧失多年
终日独居的老人们，陆续像蚯蚓般重新走进泥土

别提狼年往事。叼走的孩子，引来一个道美村的仇恨

而这些年，丢掉主人的老房子
从掉了门牙的口中，喊不出一句痛来

草木谣

这里的草有草莽的骨骼。

也有风吹就低的谦和。

那些年没过的朝代歌，有一个马蹄的深度。

它们大多泊在岸边，守望一个村庄的风生水起，
一部分高居山头，与祖先们互道别来无恙。

更多时候，是在时光中摇头，
仿佛否定一个小小的人间。

遇见迷彩树

时间在这片小山坡上静止不前。

它们棵棵吞下绿，又呼出善良，
像牛羊一样有着小心翼翼的可爱，
又成群结队地安居于世上。

山泉缓缓而至，带着初生的泠音，
鸟儿和光线俯冲下来，充满新鲜的生动，
看起来，它们喜欢这些同伴。

因为，它们比人间更熟谙自然的核心。

相 信

我想我是相信生活的。

第一次见国旗缓缓地、就那样缓缓地升起时，
我真的想哭，
在故乡的一个小操场上，
尽管是一个朴素的小女孩。

当列车穿过山脉、碧野和光线到来时，
我会感动，
它有和我一样呼啸而过的虔诚，关乎生命的叩问。

甚至每一棵草的荣枯，
每一截河流的冰冻融化，
每一个皮包骨头的非洲孩子昨日的生，今日的不可测。

我都继续在世上相信。

清明诗

一

每年的春天，我都会抽出三天用来悲切。
清明居中。
左一天是前因，右一天是后果。

光阴隔着光阴。
地下是祖辈的前世，
地上是我的今生。

二

常常有雨临近。

从高处到达低处，
仿佛生的波澜起伏，亡的至高无上。

凉雨至额上，
我便贴近了思念的悲喜，
继续在生活中走远。

三

草木总在这时绿得明显，
仿佛在代替故人生长。

他们有的在弥补知天命，
有的也拄着杖接近期颐的坡。

土地比平时更亲切，
借着根系替我们表情达意。
我们把生活中的一些否定词烧掉，
祖坟就有青烟弥开。

坐上绿皮火车走

坐上绿皮火车走。

去西藏。

风若大些，就学习草木低头，
那里的天，要蓝就蓝到让人想哭。

经幡升起时，我会把藏着尾巴的妄念，
在微小的诗歌里逐一减小。

头上的云朵讲着藏语，
我就把扎西德勒送回家乡。

简化的雨，是人心的安

春雨就是啮齿类。
从天上到人间，有一个互咬耳朵的习惯。

它们彼此道喜，互相致哀。

你悲伤多一点的时候，它们也正朝大地上摔碎自己，
把人间无数失魂的样子汇成河流。

当然。
你短暂的喜悦、疲倦的诚实、讨人恨的正直，
它们仿佛也认同。

你洞察见的，那简化到最小的水珠，
也有星球的光芒，盛大的预言。

济源见黄河

到达济源市。

五行果然不缺水，命里有黄河。

我们上舟，催发。

水后退，阔大的温柔一举穿过青山。

此河深谙克刚之术。

多少人需学这本领，舵手无他。

桃花岛

在桃花岛，飞鸟低于天空，
春风怀揣了破釜的决心，把我望见的黄河水推开。

桃花非空。
尘俗有绝色。

此刻，祖国的一座小岛正坐在粉红的名字上响亮。

墙

在光阴很旧的时候，它是南墙。

这里的鸟鸣、乡音以及长着书信体样式的爱情，
遇上它，都能慢慢回头。

才多久呢，它张开的砖缝已开始走漏风声，
关于亲人的反目，朋友的分崩。

它甚至要用倒下去的决心，给塌陷的人心一个颜色：
丢掉山清水秀般尊严的人类，

多么失真。

又见汾河

就在我接近窗口时，又看见了汾河的一截。
它闪烁于一个午后的间歇，草木分行。

皆兵。

这些年，它总在不经意间，以某段身体刺痛我。

有时我从它的体内打捞乡愁，
或在它的脚印里追究始终。

它呼啸着自己应有的时光，古老的或新鲜的。

而我总是在生活的岸上，回头。

创可贴

语文课上，我为学生展示古人创作背景。

像打开一个个结了痂的伤口：
开元二十五年，王维奉使凉州，被排挤出朝廷，如征蓬。
然，塞上有诗。向终南山。

宋神宗元丰二年，东坡赴黄州，被贬。
然，闲人独居。仍豪放。

东晋元年十一月，渊明解印辞官，归园。
然，成天下第一隐。

有时候我不想讲。
人间的五斗米，不过是一张创可贴。

返自然

要么返朴，在五孔窑洞外种下五谷丰登。

在每个温和的清晨放低自己，体内呼出三亩接近尘土的凡心。

牛羊对饮，鸡鸭同德。
我对着手上的老茧抒情。

池塘鼓起腮帮兀自蔚蓝，
荷花挺着脊梁，与我的高洁唱晚。

一梳长发，二向青山，
三分无我的自然。

冷泉关断想

冷泉有关口，在公元二〇一七年的四月，
万夫可以开。

我们迎雨入关。

眼前的匾额，有老态龙钟的况味。
道德和经卷早已在这里形同草木，
它们从车马喧中生根，
又在地自偏中荒芜。
该寂静下来的都已经寂静。
譬如鸟窝、蚁穴、暗逝的光阴。

洞开这尘世的隐语，
我们即刻出关。

百尺楼

春雨入夏门时，
百尺楼正临河独立。

它有容乃大的样子，真让人震惊。

你看，有人正乘兴登上，仿佛可以就此酾高楼。
有人试图抽刀断水，打问梁姓人家水更流的繁华。

而我侧耳倾听斑驳的墙壁时，
它已捧出一万种陈词：
那些低矮的河床、掉牙的故事、不朽的草木，
都是百尺楼丢掉的时光。

写给母亲们

母亲们，像各个省市宽阔的河流。

事实上，她们生下一大堆孩子。

有颠沛流离去找生活的孩子，
有抱残守缺终日修补生活的孩子，
有失去自由的孩子，有悲观失望的孩子。

当然，也有处城市之远或山水之恶的孩子。

有目光明亮或皮肤暗淡的孩子，
有骄傲的孩子，有风生水起的孩子。

这些孩子各居生活的云端，
母亲们仍在低处如河般地流淌，
其中有湍急的嘱咐，或平静的暗祷。
你知道的，这群孩子的梦境相似，
一听到母亲在梦里呼唤乳名，
便都按下云头，
从泪水中醒来。

南方颂

空气湿润得像一枚青玉，
窗外已有一些事物明亮了起来。

最初是木棉树上的鸟儿，它们鸣叫得有些欢喜，
隔着一层白色的纱帘，我靠在床边，
听它们掏出最殷勤的婉转之音，
闭着眼都可以想到，
它们中的每个都身披华服，新鲜而又饱满，
像战国的公子们，有富可敌国的气度。

珠江边的风习惯了徐徐而生，又缓缓而降，
在这个南方的初晨，一切事物都飞得很低，
眼下呢，更适合打开一本诗集，
像我现在这样，轻轻地读出些灵醒的意象。

诵读珠江

一

江水不浅。

长着一颗珠海石光耀的头颅，
它有来龙：在马雄山的腹部起兵，
也有去脉：向南海起阿弥陀佛之心。

二

我喜欢在这样壮阔的流动中放下自己，
就像这两千三百二十千米的生命，
从过去生，向未来不息，
皆是自在的念头，

三

在游轮上，我眺望它。
在岸边，我平视它。
在广州塔，我俯视它。
我抓住一切爱它的角度，
把一条江水的喜悦与悲伤装到心里来。

在广州

林教授的口，真的像瀑布，
悬挂起来的滔滔不绝，有妙手回春术，
在遥远的广州，我的心里有一个山西的乡愁需要医治。

那就在夜里，拿出北方省份的爽快，
把一座江放倒，把时间断水，
来来来，
我有饮掉一个珠江的北方气势。

广州塔渐近船边，
正从自己的身体里掏出几种恢宏的颜色，
它站成高塔的姿态，这被叫作羊城代表作的小蛮腰，
有着令人折腰的骄傲。

在后悔沟

近处的湖水，举着众多幼小的透明，
这些最初的样子，多么让人喜欢。

可是你看，春风有个长了哨子的嘴巴，
偶尔吹出湖水皱着的老态，
也不可救药地回应岩石褶起的龙钟。

这些突然呈现的衰老，都是人间后悔着的事件。

走在沟里的人们，越往时间后面走，
越能动了补牢的凡心。

向故乡

从道美村到静升镇，这中间隔着一条隐忍的河流，
我是那条奔波的鱼。

日子很轻，轻到祖父母说没就没了。
炊烟很重，重到老屋从此低过黄昏。
生活中的忧伤太多，好在我还有一尾河中的倒影。

唱着诗歌，游回故乡。

荔 子

是我的另一个名字。

源于一个唐朝，有盛大的甜，也有微小的凉。
每颗都是女人的慈悲。

荔枝的红颜，解读的却是荔子的玉人心。
从南方到北方，不过是候鸟的形状，
人字也好，一字也罢，
都是多汁的生活在飞，
一心一意地飞，认真地飞。

访秦晋古道

"栽下去，便是郭家沟"。

方言多好。

从陕西到山西，
活着的草木让一个古道栽在车马远去的历史中，
西太后也栽到自己的夜郎自大中，只得借此道出逃。

你看到的一小截石板路，正推开众草，
一半含蓄，留有虔诚者叩首的向庙之心，
一半显赫，独领下仁义，过北门的繁华势头。

罢罢罢，古道不可行了，
入口处有绿树缠身，仿佛从此与世不争，
群山立于出口处，也暗下万夫莫开的决心。

过韩信岭

草木列阵于高壁岭山上，淮阴侯正在点兵。
是英雄，就从遍地烽火的城池中站起，
让一个王朝在西汉开国。

秦晋古道，有山西到陕西两个省份的距离，
也埋葬着身首异处的"兵仙"与"战神"，
这多多益善的名声。

十万大军手中的抔土，怎抵得过圣上掌控的生死？

助高祖灭楚，又在长乐宫殒命，
从一种开始，到一种结束，
更多的是功高盖祖的悲壮。

狡兔未死，飞鸟未尽，
韩信的首级便能继续骄傲地高居于此。

南墦乡，有枯树一尊

腹中火般地燃烧。

这静止的一炬，曾将黑夜的星空划破，
是闪电之后的追踪者，
有着惊天动地的声音，与命和时间有关的变数，
定是滚滚而逝的雷声。

黑暗的算计，终归是布满躯体，
即便是借了树的前世。
让世间喑哑到无力回天，
五行缺水的命运，不过是无泪的开始。

某种定数。
当草木向上的心也成了徒然时，
村庄的衰落，或者就在百年前的雷雨交加的天相中。

原 路

桥色新鲜，水流仍然不息，
河岸一侧有人已经打开鸡犬鼎沸的院门，
男人们扛起锄头去到向阳坡上，
同时也掂起举足轻重的中年。

时光活泛起来，主要在于一群同族的孩子，
他们跳跃、追逐，直到老院的最后一束光也抽身离去。

没心没肺是一个褒义词，像我一样丢了童年的人才会肯定
　它的词义色彩。

近乎潦草而零星的故乡碎片，
在昨晚的梦中，我又原路返回了一次。

森林公园

在公园，一朵莲正举着硕大的娇羞，
此刻粉红是绝色，七月的温度也略显富庶，
它们像坐拥了一个悲欢的小人间。

而眼前，湖水光滑如缎，
仿佛盛唐的凝脂刚刚落进一截安史之乱的时间里。

这宁静，有些像枯坐了，
慢得让世上的女子差点以胖为美起来。

花朵仍旧婀娜，湖水也是慈眉善目，
你看，一种柔软多么贴切于另一种柔软，
仿佛数以万计的修辞正在夏天起伏。

如果是河

做一条河。

倒着流回去，每一簇水花都摆着盘根错节的鳞片炫目。

彼时岸上的百草忙碌，大鸟展翅穿梭，
虎狼也自在洒脱，晚上踩着河石回到山洞。

动物汹涌，植物蓬勃，
一切都捧出原始质朴的诚意。

继续往回流动，向着发源地的冷寂。
左岸执念，有仁者乐山的可爱，
右岸秉德，深藏剑鞘练就的胆寒。

夜晚，月亮露出清秀，
你听，整座山的虫鸣都是我的知音。

木槿花

上次见到了你们的所居，
那群抱残的枝干，正举着一个失水的春天。

你们尚未出生，也许正云集在一种盛大的母体之内，像紫
    色的野马等待汹涌。

我抱憾离开。

时间自己挑了个日子，你们已在火热的人间醒目，
一定铆足了大而紫的热情，
不然我不会想哭，
而你们怀抱的只是植物的原意。

夏门古堡行

这些年，古堡独自撑着旧门面，
"夏门春晓"是它身上一块被题过字的赤青，
在某些清晨，故做出被光线焐热一小会儿的镇静。

它早已老态龙钟，
你看，拐了弯的汾河已无水涨之势，
所有的船只仿佛突然在流动的时间里走失。

装货、卸货早已成了人们口中的轻描淡写，
抚琴弄棋的看台，已被子弹用速度命中，
在这里，我只想大口吃肉，大碗喝酒，
顺便吁出大把的嗟伤。

再和朋友们谈一些大快人心的御史往事，
像古堡穿堂走风般，不漏掉任何细节。

后 记

◎耿红丽

　　我长久地热爱诗歌，仿佛在膜拜一种灵魂。这辈子，恐怕是改不了了。

　　诗歌是生命发出的声音。一切宏大的都是微小的，一切微小的又是极其宏大的。我不敢说一棵草木没有一颗向生之心，看到它活在万物之间，闪耀着尘世之光时，我总是把自己一次次放在孤独中去热爱，去悲悯这来自生命的呼吸。

　　诗歌是纯粹而本真的，就像是一个人走到无边的旷野，听到从四面八方传来的自然之语。它可能是初阳的光芒，带给世间无限的力量。这种接近地表温度的语言，是惊动内心的，或者说是某种灵醒瞬间喷发的。关乎自己的，关乎人类的，甚而至于关乎上下五千年的，才是诗歌本身。

　　每个人都有着自己的史诗，不论坚强，不论脆弱，都是生存体验的哲学，都该受到根本的尊重。诗歌恰恰能做到这些，虽微言，却是大精神和大智慧。它用世间高贵的语言，表达最质朴的情怀。

我常常把诗歌比喻成一条河流，一条带着时光奔涌向前的闪烁之河。它盛大而无言，悲壮而欢喜，它带着自己的命运，也带着一个村庄，一个民族的命运。它从发源地而来，又向着归属而去，可能浩荡，也可能河石俱露，但始终如一，触着泥土的呼吸，吻着大地。诗歌饱含的巨大思想，来自于河流般途经的微小事物的呐喊，是可以让人动容和嗟叹的。

　　我在自己的诗里表达着另一个自己，或者说是寻找孤独以外的另一种孤独。好多时候，我俯下身子去看最不起眼的生物，那些被忽略的幼小，恰好能壮大和救赎一些我们的内心。

　　诗歌是自省而问天的。

　　诗歌是热烈而伤感的。

　　诗歌是温暖而悲凉的。

　　诗歌是高于天空的，而又低于尘埃的。

　　诗歌是天地本来的，而又超越万物的。

　　故乡的土地，身边的汾河，亲近的人……都是我热爱的，是我诗歌的本源。

　　我有了我心，仿佛又丢失了我心，因此，我仍在追寻诗歌，我又融入诗歌！